ÉTAT ET DÉVELOPPEMENTS

DE LA

LITTÉRATURE EN FRANCE

au seizième siècle.

Imprimerie de HENNUYER et Cie, rue Lemercier, 24.
Batignolles.

ÉTAT ET DÉVELOPPEMENTS

E LA

LITTÉRATURE EN FRANCE

au seizième siècle.

PAR H. B. AIGRE,

Professeur de littérature française.

ORNÉ
de deux jolis portraits.

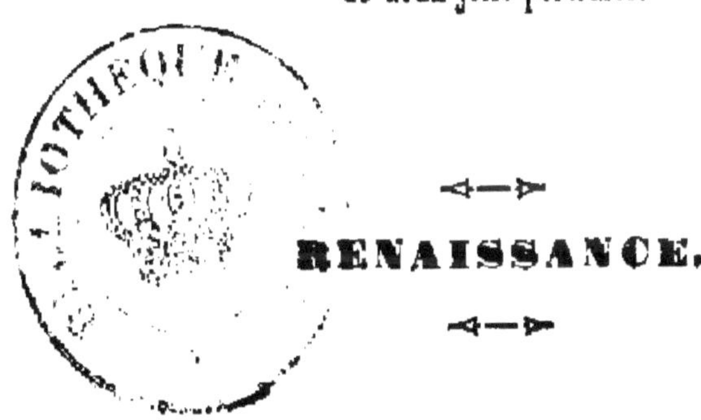

◁—▷

RENAISSANCE.

◁—▷

PARIS

Au Bureau de la BIBLIOTHÈQUE DE POCHE,

RUE BLANCHE, 18.

—

1847

Malherbe.

ÉTAT ET DÉVELOPPEMENTS

DE LA

LITTÉRATURE EN FRANCE

au seizième siècle.

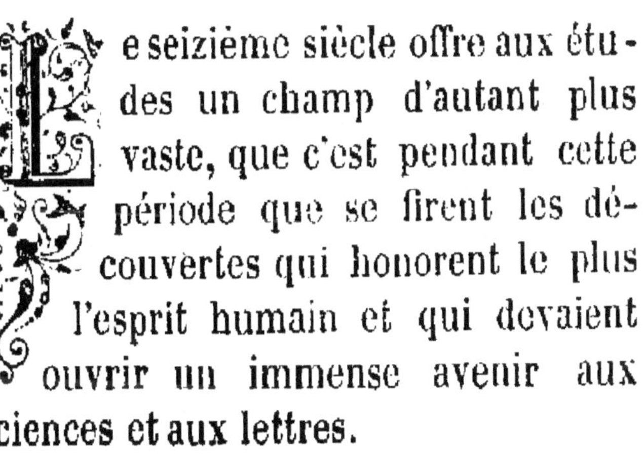

Le seizième siècle offre aux études un champ d'autant plus vaste, que c'est pendant cette période que se firent les découvertes qui honorent le plus l'esprit humain et qui devaient ouvrir un immense avenir aux sciences et aux lettres.

Il y avait alors dans les esprits une élévation et une énergie qui les portaient aux grandes choses. Les inventeurs de la boussole et de l'imprimerie avaient ouvert la voie à Colomb, qui recula les bornes de la terre ; ils aidèrent Copernic qui recula celles du ciel [1].—Le commerce, l'industrie prirent une vigueur nouvelle ; c'est dans ce siècle qu'ont été posées les bases de la politique, du droit public et du droit des gens ; c'est à cette époque que se sont formés presque tous les gouvernements de l'Europe, et que s'est affermi celui de la monarchie française.

[1] La *Boussole* fut inventée dans ce siècle.

L'*Imprimerie* inventée en 1450.

Copernic, célèbre astronome, né à Thorn, en Prusse, en 1473, mort en 1543, renouvela un système déjà enseigné par les philosophes grecs et développé principalement par Philolaüs ; ce système consiste à faire tourner toutes les planètes autour du soleil, d'occident en orient, et à donner à la terre deux mouvements de rotation.

Au commencement de ce siècle, un grand mouvement intellectuel se déclara ; les livres, et les sciences à leur suite, pénétrèrent partout ; des écoles furent fondées ; les arts, la littérature prirent leur essor ; et, malgré les guerres civiles et les guerres étrangères qui désolèrent la France sous les règnes de François Ier, de Henri II, de François II, de Charles IX et de Henri III, les lettres ne cessèrent pas de faire des progrès de plus en plus rapides.

Mais, d'un autre côté, la perte de l'art catholique, la décadence des littératures nationales, la perversion d'un goût original par l'imitation des formes anciennes, la reproduction des théories morales et politiques de l'antiquité, l'esprit d'irréligion et de scepticisme favorisé par l'étude des philosophes païens, forment un contraste pénible avec les acquisitions réelles, et l'on peut se demander si l'humanité n'a pas eu à

souffrir des modifications fondamenta-
les que l'érudition apporta dans ses
croyances, et si l'oubli de l'inspiration
chrétienne ne la détourna pas d'un but
plus digne de ses efforts.

Quand on pense aux espérances que
pouvaient faire naître les éléments de
grandeur et de gloire épars au sein
de la société du moyen âge, on est tenté
de croire qu'il faut que l'esprit humain
ait hésité dans sa marche, pour avoir
mis plus d'un siècle à produire les belles formes de la littérature française.

Il est évident que si le goût se forma
par l'étude des monuments de la littérature grecque et romaine, la puissance
du génie national eut à en souffrir; car
si l'Europe acquit par l'érudition le pouvoir d'habiller à l'antique les conceptions de l'esprit moderne, l'esprit moderne, à son tour, ne put échapper à la
gêne que lui fit éprouver le costume
ancien.

Cependant cet embarras ne fut pas de longue durée, et le moyen âge, l'esprit français et le génie de l'antiquité se confondirent bientôt pour former l'esprit littéraire de la France, mélange heureux de verve familière et d'intelligence de l'antiquité ; et s'il est vrai que l'étude des anciens ait plutôt ennobli qu'enhardi l'imagination, nous sommes obligés de reconnaître que c'est dans son commerce avec l'antiquité que notre littérature a trouvé cette mesure, cette élégance, cette dignité qu'elle n'eût peut-être pas rencontrées par elle-même.

Dès le commencement du seizième siècle, Paris vit naître la grande influence que cette ville devait exercer un jour sur l'Europe civilisée ; dès lors les littérateurs se rapprochèrent du trône, et la littérature se ressentit du voisinage des grands.

Les goûts littéraires furent subordonnés à ceux de la cour, et notre littérature changea plusieurs fois d'esprit et de mœurs avec elle ; elle ne fut point sous François Iᵉʳ ce qu'elle devint sous Henri II et sous Charles IX.

François Iᵉʳ, dont la cour brillait encore de l'éclat de la vieille chevalerie, était léger et plein de courage ; les malheurs de son règne ne l'empêchèrent pas de protéger la littérature française et de se montrer plein d'enthousiasme pour les beaux-arts. — Peu instruit lui-même, il faisait avec sa sœur, la reine de Navarre, d'assez jolis vers. — Il alla faire la guerre en Italie entouré de soldats, et en revint entouré d'artistes. Les fêtes somptueuses qu'il donna, les réunions brillantes qu'il forma à sa cour firent naître l'esprit de société, et le goût comme la langue y gagnèrent beaucoup.

Ce prince ne borna pas ses soins à l'impulsion donnée à sa cour ; il fonda le collége de France[1], qui existe encore, et qui fut consacré à perfectionner l'enseignement littéraire que l'on recevait dans les colléges de l'Université.

Les successeurs de François Ier furent loin de partager l'ardeur de celui-ci; mais l'impulsion avait été trop forte pour que le progrès pût s'arrêter. — Les querelles de religion qui éclatèrent sous Henri II et les passions des partis éveillèrent l'acrimonie satirique; et, par l'agitation qu'elles donnèrent aux esprits, elles exercèrent une puissante influence sur la littérature de cette époque. — La poésie prit une nouvelle énergie, et les attaques et les envahissements du calvinisme éveillèrent la curiosité, l'ardeur de savoir, le besoin de s'instruire.

Le désir de plaire à la régente Catherine de Médicis fit reprendre à la cour

[1] En 1531.

toute son influenc e littéraire, et les pré tentions du jeune roi Charles IX au talent poétique contribuèrent à maintenir la poésie sous la dépendance des grands.

Le faible Henri III rechercha aussi les poëtes, et plus son pouvoir diminuait, plus il sentait le besoin de s'étourdir par leurs hommages.

La paix qui reparut sous Henri IV exerça une heureuse influence sur la littérature, et le langage fit de notables progrès. Henri songeait plus aux affaires d'État qu'aux lettres ; cependant il ne les négligea pas, et les écrivains de son époque trouvèrent à sa cour des auditeurs dignes de les entendre et capables de les apprécier.

Au milieu des désordres qui troublèrent ces divers règnes, les gens de lettres se montrèrent tout à la fois libres et imitateurs, originaux ou savants, religieux ou incrédules ; quelques-uns

professèrent des sentiments d'une haute
indépendance, tout en aimant et respectant le pouvoir de leurs princes ; le
fanatisme, les préjugés, la philosophie
et la raison s'agitèrent en tous sens et
exercèrent une influence considérable
sur l'esprit de la littérature de ce siècle,
suivant le temps, le genre des écrits et
le caractère des écrivains.

Un dernier caractère achève de donner la physionomie littéraire du seizième siècle ; c'est que l'érudition, la
science, l'art de composer et d'écrire,
le talent de la parole, s'alliaient et con-
duisaient à tout. — En Angleterre, en
Hollande, en Italie, en Espagne comme
en France, les écrivains furent tout à
la fois guerriers, magistrats, ambassa-
deurs ou ministres. — Jamais aussi les
princes n'eurent de conseillers plus habiles, de serviteurs plus dévoués, et
pourtant plus attentifs à conserver leur
indépendance et leur dignité.

La période que nous allons parcourir est évidemment une *époque de développement* pour notre littérature ; elle servit de transition entre le moyen âge et le siècle de Louis XIV ; ce fut presque un siècle de rénovation. Les lettres, encore incertaines sous Louis XII, reçurent de Rabelais et de Marot un mouvement qu'elles avaient perdu ; plus tard, nos vieilles formes poétiques furent bannies pour faire place aux formes grecques et romaines ; et enfin, fatigué de ces importations de l'antiquité, le génie français reprit le dessus, et Montaigne et Malherbe commencèrent cette littérature dans laquelle devaient se fondre toutes les nuances pour former cette couleur qui nous est propre et dont le siècle suivant fut l'expression la plus pure.

Comme poëtes, *Marot*, *Ronsard* et *Malherbe* résument le progrès simultané de la langue et de la littérature ; en prose, c'est *Rabelais* et *Montaigne*.

Bien des noms se groupent autour de ceux-ci. — En *poésie* : *Saint-Gelais*, *Brodeau*, *Charles Fontaines*, de l'école de Marot ; *du Bellay*, cherchant avec Ronsard à renouveler la poésie ; *Du Bartas*, exagérant les défauts de Ronsard, ainsi que *Desportes* et *Bertaut*, moins exaltés, sans cesser d'appartenir à la même école ; *Jodelle*, le réformateur du théâtre ; *Passerat*, à l'esprit indépendant ; *d'Aubigné*, écrivant sérieusement comme *Régnier*, qui se croyait l'adversaire de Malherbe.

Pour la *prose*, c'est *Calvin*, au style ferme et violent ; *Amyot*, qui a traduit Plutarque avec une naïveté toute gauloise ; *La Boétie*, ami de Montaigne, jeune écrivain plein de fougue et de talent ; *Charron*, le père de l'école de Port-Royal ; c'est encore le poëte *d'Aubigné*, prosateur énergique et original ; *Brantôme* , historien piquant et passionné ; le chancelier *L'Hospital*, s'opposant à l'établissement de l'inquisition ; *Bodin*, combattant pour la liberté de conscience ; le vertueux *de Thou*, le président *Jeannin*, et *Pierre Pithou*, qui défendit les libertés de l'Eglise gallicane et contribua à la *Satire Ménippée.*

POÉSIE.

____

L e poëte avec lequel commence la véritable poésie française, sous François Ier, est *Clément Marot*[1]; mais, pour mieux apprécier le mérite poétique de cet homme remarquable, il est bon de jeter un coup d'œil sur les poésies de son père *Jean Marot*, au-

[1] Clément Marot, né en 1495, mort en 1544.

quel il dut une partie de son talent.

Déjà célèbre à la fin du quinzième siècle, le poëte *Jean* [1] faisait d'assez bons vers, et nous fixerons l'état de la poésie à cette époque, en citant quelques strophes d'un poëme dans lequel il chante les exploits de Louis XII contre les Génois et les Vénitiens.—C'est au moment où la paix fut conclue.

Extraits de la pièce ayant pour titre :

LE RETOUR DE LA PAIX.

Les Dieux oyant de Paix l'humble oraison,
Fondée en droit, équité et raison,
Des deux partis, le cas bien débattu,
Ont tous jugé qu'assez Mars avait eu
Pouvoir en terre, et que l'humain lignage
Plus ne pouvant supporter son orage,
Ce Dieu dès lors ses étendards plieroit,
Et dame Paix en terre descendroit.

. . . .

. . . .

A contempler villes, chasteaux, cités,
Unes montant en grand prééminence,

[1] Jean Marot, né en 1463, mort en 1523.

Autres tombant en basse décadence :
Là peut choisir en ruines gisantes,
Troye et Mèdes, jadis cités puissantes.
Rome elle vit : théastres, collisées,
Tous desrompus, et médailles brisées ;
Où empereurs et chefs des créatures
Soulaient manger, étaient fange et ordures.

. . . .

Cette dernière pensée sur les ruines
qui se font chaque jour dans le monde,
soit par la main du temps, soit par celle
des hommes, plus prompte encore que
le temps à détruire, ont inspiré à M. de
Lamartine la belle strophe suivante :

Regarde donc, race insensée,
Les pas des générations !
Toute la route n'est tracée
Que des débris des nations !
Trônes, autels, temples, portiques,
Peuples, royaumes, républiques,
Sont la poussière du chemin,
Et l'histoire, écho de la tombe,
N'est que le bruit de ce qui tombe
Sur la route du genre humain.

Ces idées sont tristes, et pour ne pas
se laisser décourager par elles, on a

besoin de répéter avec le poëte Lebrun :

> Mais l'ouvrage de la pensée
> Est immortel comme les dieux.

On croit que Jean Marot mourut en 1523 ; la réputation de son fils *Clément* était déjà si bien établie, qu'un contemporain écrivit sur le recueil de ses œuvres les vers suivants :

> En ce recueil qui n'est pas des moins vieux,
> De Jean Marot les œuvres pourrez lire :
> Pas toutefois je veux bien vous le dire,
> N'y trouverez ce qu'il a fait de mieux.
> Ailleurs pourrez trouver ce digne ouvrage,
> Si plein de sens, d'esprit et d'agrément.
> Ja n'est besoin d'expliquer davantage ;
> Bien entendez que c'est maître *Clément*.

Revenons à *Clément Marot*, dont la vie agitée et les aventures expliquent pour ainsi dire les œuvres.

Introduit de bonne heure dans le monde, ayant reçu une éducation fort incomplète, *Marot* ne sentit d'autre vocation que celle de mener une vie galante et de faire des vers. — Lorsque François Ier parvint au trône, *Clément*, léger, jovial, railleur, semblait représenter à lui seul le caractère de la nation et celui de la cour ; ayant suivi le roi à la guerre, il eut sa part des désastres de Pavie, où il fut pris et blessé.— Tour à tour aimé de Marguerite de Valois et de Diane de Poitiers, cette dernière se vengea du poëte en l'accusant d'hérésie, ce qui l'obligea à se réfugier en Italie. Après avoir abjuré le protestantisme, il revint à la cour qu'il fut encore une fois obligé d'abandonner pour aller mourir à Turin, admiré comme un grand poëte, mais peu estimé comme homme [1].

Comme nous venons de le dire, les aventures et les intrigues de *Marot* se réfléchissent dans ses ouvrages ; après *le*

---

[1] Cl. Marot s'enfuit à Venise en 1536, à Genève en 1543, et enfin à Turin, où il mourut dans l'indigence.

Temple de Cupido, il ne rima bientôt plus de fictions; la poésie devint sa confidente, l'expression de ses propres sensations; ce fut une amie qui l'aidait à jouir de la bonne fortune et le défendait contre la mauvaise; c'était elle qui exprimait et faisait accueillir ses sentiments et ses prières, ou qui attaquait ses ennemis de l'un et de l'autre sexe.

Matériellement, dit M. Nisard, *Marot* ne changea que peu de choses aux règles de la poésie; — le *rondeau* et la *ballade* existaient avant lui, ainsi que toutes les autres formes de poésie légère qu'on peut trouver dans son recueil; mais sa gloire fut de perfectionner ces formes, d'y rompre davantage le vers, de l'y assouplir, et surtout d'y faire entrer plus d'esprit, de grâce, de satire aimable et fine, qu'on n'y en avait mis jusqu'à lui.

J. B. Rousseau, dans son ennuyeuse Épître à Marot, caractérise assez spirituellement le génie de celui-ci :

Par vous en France, épîtres, triolets,
Rondeaux, chansons, ballades, virelais,
Gente épigramme et plaisante satire
Ont pris naissance ; en sorte qu'on peut dire :
De Prométhée hommes sont émanés,
Et de Marot joyeux contes sont nés.

Marot fixa quelques-uns des caractères de notre langue et la mit sur la voie de la perfection ; on trouve dans ses écrits le génie de la langue française dans toute sa naïveté originelle, et les tours qu'il a créés n'ont point vieilli comme les termes dont il se sert. — La Fontaine l'a plus d'une fois pris pour modèle, comme Rousseau s'est enrichi des dépouilles de Malherbe.

Véritable continuateur de Villon, *Marot* chante ses amours et sa prison ; mais ses amours sont plus nobles, et lorsqu'il parle de sa prison, au lieu de faire sa complainte funèbre et de se moquer de sa mort, il parle fièrement à ses juges dont il attaque l'avidité et la procédure ; ses vers sont pleins de grâce, de malice, de bon goût et de dignité ; c'est le premier écrivain qui se forma d'après les modèles de l'antiquité et de la poésie italienne.

Nous avons déjà cité des vers de Marot [1], nous allons encore transcrire ici le commencement et la fin d'une épître qu'il adressa à François Ier, lorsqu'il était en prison pour avoir arraché des mains des archers un prisonnier qu'il croyait innocent.

> Roi des Français, plein de toutes bontés,
> Quinze jours a, je les ai bien comptés,
> Et dès demain seront justement seize,
> Que je fus fait confrère au diocèse
> De Saint-Marri, en l'église Saint-Pris ;
> Si vous dirai comment je fus surpris,
> Et me déplaist qu'il faut que je le die.
> Trois grands pendards vinrent à l'étourdie,

[1] Voir le *Résumé général de l'histoire de la littérature française, depuis le douzième siècle jusqu'à nos jours,* par le même auteur. — Ce résumé fait aussi partie de la Bibliothèque de poche.

En ce palais, me dire en désarroi :
Nous vous faisons prisonnier par le roi.
Incontinent qui fut bien étonné ?
Ce fut Marot, plus que s'il eût tonné ;
Puis m'ont montré un parchemin écrit,
Où n'y avait seul mot de Jésus-Christ ;
Il ne parlait tout que de plaiderie,
De conseillers et d'emprisonnerie.
Vous souvient-il, ce me dirent-ils lors,
Que vous étiez l'autre jour là dehors,
Qu'on recourut un certain prisonnier
Entre nos mains ? et moi de le nier ;
Car soyez sûr, si j'avais dit oui,
Que le plus sourd d'entr'eux m'eût bien ouï,
Et d'autre part, j'eusse publiquement
Eté menteur, car pourquoi et comment
Eussé-je pu un autre recourir,
Quand je n'ai pu moi-même secourir ?
Pour faire court, je ne sçus tant prescher,
Que ces gaillards me voulussent lascher.
Sur mes deux bras ils ont la main posée
Et m'ont mené, ainsi qu'une épousée.

. . . .
. . . .
. . . .
. . . .
. . . .

Très-humblement, je requiers votre grâce
De pardonner à ma très-grande audace,
Si j'ai osé ce sot écrit vous faire,
Et m'excusez si, pour la mienne affaire,
Je ne suis point vers vous allé parler ;
Je n'ai pas eu le loisir d'y aller.

Cette épître se fait remarquer par un tour agréable et facile ; les vers en sont coulants et semés de traits charmants jusqu'au dernier, si naïf et si gracieux :

« Je n'ai pas eu le loisir d'y aller. »

La principale part de gloire de Marot est d'avoir écrit une foule de vers élégants et faciles, pleins d'esprit et de sensibilité, et d'avoir rendu plus simple et plus moelleux notre idiome encore empreint de rudesse et de raideur.

La vie aventureuse de *Marot*, autant que son talent, produisit dans son siècle une grande sensation et lui valut une célébrité qui fit de lui le centre d'une foule de rimeurs, dont les uns le prirent pour modèle et les autres cherchèrent à le surpasser.

Un des premiers fut *Saint-Gelais* [1], qui fit des épigrammes faciles et des chansons plaisantes ; il enrichit la littérature d'imitations d'Ovide, de Catulle, de Jean second et de quelques poëtes italiens. — Ce poëte, peu propre à traiter des sujets relevés, excellait dans la poésie familière. — Il était l'ami intime de Marot, qu'il louait souvent dans ses écrits ; un mauvais poëte le lui ayant reproché, Saint-Gelais lui répondit par l'épigramme suivante :

Tu te plains, ami, grandement,
Qu'en mes vers j'ai loué Clément,
Et que je n'ai rien dit de toi :
Comment veux-tu que je m'amuse
A louer ni toi, ni la muse ?
Tu le fais cent fois mieux que moi.

Saint-Gelais hérita de Marot l'emploi

[1] Mellin de Saint-Gelais, aumônier du dauphin, bibliothécaire de François Ier, né à Angoulême en 1491, mort en 1558.

de poëte de la cour; il fit des vers pour toutes les fêtes; ses poésies le montrent modeste et sans prétention comme poëte, et dépourvu d'ambition comme homme de cour.

Suspendons pour un instant l'histoire de la poésie proprement dite, à laquelle nous reviendrons plus loin, pour parler de la poésie dramatique.

POÉSIE DRAMATIQUE.

Nous avons laissé dans le siècle précédent[1] l'art dramatique au point où Pierre Blanchet l'avait placé dans sa farce de *Pathelin* : au seizième siècle, un jeune homme qui avait consacré ses premières années à l'étude de la littérature ancienne et de la langue ita-

[1] Voir *Coup d'œil sur la littérature en France au moyen âge*, par le même auteur. — Ce petit livre fait partie de la Bibliothèque de poche.

lienne conçut la pensée hardie de donner une direction nouvelle à la poésie dramatique, et de renverser la vieille scène française pour en élever une autre à l'imitation de celle des Grecs.

Il existait déjà, il est vrai, quelques traductions de Sophocle et d'Euripide, mais personne n'avait songé à les adapter à la scène ; les frères de la Passion et les comédiens de la Basoche ne se souciaient guère de telles œuvres.

Plein de ces idées, *Jodelle* [1] composa sa *Cléopâtre plaintive*, tragédie en cinq actes, avec des chœurs à la manière des Grecs ; il la lut à ses amis, et elle excita un si grand enthousiasme que tout le monde le sollicita de la faire représenter. Les amis firent dresser un théâtre, et se chargèrent des principaux rôles. — Cette pièce était calquée sur la forme antique ; l'action d'une grande

[1] Jodelle (Etienne), sieur du Lymodin, né à Paris en 1532, mort en 1573.

simplicité, les personnages très-peu nombreux, la scène toujours occupée par un chœur; le style affectait la noblesse et la gravité; mais il n'y avait aucune invention dans les caractères, dans les situations, dans la conduite des actes; c'était, en un mot, une reproduction servile des formes grecques, sans mouvement et sans vie.

Toutefois, cette entreprise, hardie pour le temps, attira l'attention générale; Henri II voulut voir la pièce et rémunéra largement l'auteur; — tout Paris suivit l'exemple de la cour, et dès ce moment la chute de l'ancien théâtre fut décidée.

Alors même que la *Cléopâtre* ne serait pas, comme elle l'est en effet, le modèle très-imparfait de toutes les tragédies qui ont été faites depuis, la représentation de cette pièce ne serait pas moins un événement des plus remarquables; car on ne peut, sans admiration, voir un jeune homme de vingt ans, opérer, avec l'aide de quelques amis, un changement aussi fondamental dans le théâtre d'une nation.

On doit reconnaître que les mystères commençaient à être abandonnés; que quelques-uns même avaient été défendus par l'autorité; — mais si cela établit que le goût des classes cultivées réclamait un nouveau genre de spectacle, Jodelle n'en a que plus de mérite à avoir immédiatement su répondre à l'attente du public.

Enhardi par ses succès, l'auteur de *Cléopâtre* entreprit également de réformer la comédie, et il écrivit, sous le titre de *L'abbé Eugène*, ou *la Rencontre*, une pièce dont les caractères sont nationaux et la forme antique. Dans cette comédie, qui conserve quelques rapports avec les farces et soties du temps, l'auteur semble avoir calqué les formes de Térence.

Après avoir composé une seconde tragédie, appelée *Didon*, Jodelle cessa tout à coup d'écrire, et l'on ne s'explique pas qu'un homme qui avait obtenu un grand succès, l'admiration des docteurs et la faveur des rois Henri II et Charles IX, soit mort dans l'indigence la plus profonde.

La *Cléopâtre* de Jodelle, dont l'action est peu compliquée, est composée d'après les règles des trois unités d'Aristote ; la progression de l'intérêt tragique y est assez convenablement observée ; — le langage en est grossier, il est vrai, mais la langue elle-même était alors informe, et les nombreux défauts des pièces de Jodelle prouvent seulement qu'après ce qu'il avait fait, il restait encore beaucoup à faire.

La comédie de *l'Abbé Eugène*, où Jodelle se montre bien supérieur, ne recueillit point autant de suffrages que ses tragédies, ce qui établirait, au besoin, que Jodelle était bien plus avancé que son public.

Jean de La Péruze, *Charles Toutain*, les deux *de La Taille* [1] firent également des tragédies dans le genre de celles de Jodelle ; mais toutes, manquant d'originalité, ne sont que de froides imitations d'Eschyle, de Sophocle et d'Euripide ; le style en est partout inférieur à celui de Jodelle, et l'on n'y trouve de supportable que les chants lyriques des chœurs.

Vers la fin du seizième siècle (en

[1] Jean de La Péruze, né à Angoulême vers 1530, mort vers 1556.

Charles Toutain ?

Les deux de La Taille : 1° Jean de La Taille, né à Boudaroy, près Pithiviers, en 1540, *tragédies, poëmes, comédies, Histoire abrégée des singeries de la Ligue;* 2° Jacques de La Taille, frère du précédent, né à Boudaroy en 1542, mort en 1582, *tragédies, Manière de faire des vers en français, comme en grec et en italien.*

1573), *Garnier* [1] se fit connaître et éclipsa Jodelle ; il écrivit sept tragédies, dont les sujets furent pris chez les anciens et la forme empruntée à Sénèque ; à cette forme, moins simple que celle adoptée par Jodelle, Garnier joignit un style plus noble et plus pompeux. — Malgré ces améliorations, Garnier ne fit faire qu'un faible progrès à l'art dramatique ; il essaya même sans succès de traiter un sujet moderne en laissant de côté le calque latin, et écrivit sa *Bradamante* d'après l'Arioste, pièce justement oubliée.

Les imitateurs de Garnier furent *Godard, Heudot, Chantelouve, Billard* et autres [2], qui traitèrent des sujets mo-

---

[1] Garnier (Robert), né à Laferté-Bernard, en 1545, mort au Mans, en 1601.

[2] Godard (Jean), né à Paris, en 1564, mort en 1625.

Heudot ?

Chantelouve (F. Grossombre de), poëte bordelais,

dernes avec des formes antiques et abusèrent des chœurs. On trouve dans ces pièces des chœurs de courtisans, des chœurs de conseillers au parlement, etc.

Le théâtre se tenait ainsi restreint dans les limites des gens de collége et des seigneurs de la cour, lorsque, dans les dernières années du siècle, un événement inattendu devint le signal de la véritable régénération dramatique en France. Les confrères de la Passion renoncèrent à leur privilége, et une troupe d'acteurs, qui avait parcouru les provinces, vint s'établir dans la salle que la confrérie avait construite. *Alexandre Hardy* [1], de féconde mémoire, devint le poëte de ce nouveau théâtre, et, pen-

Billard (Clément), secrétaire de Marguerite de Valois, né à Sauvigny (Bourbonnais), en 1550, mort en 1618. — Il est le premier qui ait mis sur la scène des événements nationaux.

[1] Hardy, né à Paris, en 1560, mort en 1631. — La moins mauvaise de ses tragédies est *Mariamne*.

dant trente ans, il en fut l'unique pour-
voyeur. Huit cents pièces sortirent de
ce cerveau inépuisable, et sur ce nombre on en a conservé cinquante-quatre,
dont quarante-une ont été publiées ;
ce sont des tragédies, des tragi-comé-
dies et des pastorales.

Dans le drame Hardy abandonna les
traces de ses devanciers, et renonçant à
toute loi fixe, il voyagea à sa volonté
dans le temps et l'espace, selon le système des Espagnols, dont la littérature
était à cette époque fort connue et très-
goûtée.

La comédie de *l'abbé Eugène* eut aussi
ses imitateurs, et *Grévin*, *Belleau* et *Baïf*[1]
en produisirent plusieurs du même

[1] Grévin (J.), savant médecin et auteur dramatique, né à Clermont-en-Beauvoisis, en 1540, mort
à Turin, en 1570.

Belleau (Remi), né à Nogent-le-Rotrou, en 1528,
mort en 1577, *Traduction* en vers de l'*Ecclésiaste*,
du *Cantique des cantiques*, des *Odes d'Ana-*

genre. Dans ces pièces, où les mœurs en général sont peu respectées, on trouve une versification facile, un dialogue vif, bien composé, et des mots plaisants, ce qui rachète l'uniformité des plans et des intrigues.

Quelques traductions des comédies italiennes excitèrent *Jean de La Taille* et *Pierre de Larivey* [1] à en faire des imitations ; mais malgré la fécondité des plans, l'habileté de l'intrigue, la vérité des caractères qui placent Larivey à la tête des auteurs comiques qui ont précédé Molière, ces comédies, où l'on

créon, *etc., etc.*, une comédie intitulée *la Reconnue*, un poëme macaronique, *De Bello huguenotico*.

Baïf (Jean-Antoine), né à Venise, où son père était ambassadeur, en 1532, mort à Paris, en 1589. — Il fonda à Paris, en 1570, la première Académie qui ait existé en France, mais cet établissement n'eut pas de durée.

[1] Larivey (Pierre de), né à Troyes, vers le milieu du seizième siècle, mort en 1612.

trouve une vivacité toute française, sont empreintes d'un caractère d'immoralité qui non-seulement n'en permet pas la lecture aujourd'hui, mais avait encore besoin d'être justifié à l'époque même où l'auteur les écrivait [1].

près ce coup d'œil rapide sur l'état de l'art dramatique pendant le seizième siècle, il convient de reprendre l'histoire de la poésie, que nous avons interrompue à propos de Jodelle.

Les amis de *Jodelle*, qui formaient avec lui la pléiade française [2], à l'imi-

[1] Voilà ce qu'il dit dans l'un de ses prologues :

« S'il est advis à aucun qu'on sorte quelquefois
« des termes de l'honnêteté, je le prie de penser
« que pour bien exprimer les façons et affections
« du jour d'hui, il faudrait que les actes et paroles
« eussent entièrement la même lasciveté »

[2] La pléiade française se composait de Rousard,

tation de la pléiade poétique des sept écrivains grecs, du temps de Ptolémée Philadelphe, n'ambitionnaient pas moins que d'opérer dans la poésie une révolution semblable à celle que Jodelle avait opérée dans le théâtre. — Ces écrivains sentaient qu'il manquait beaucoup au langage et aux lettres françaises ; ils défendaient la langue nationale, et, pour lui donner plus de profondeur et de portée, ils demandaient qu'elle allât s'enrichir et se féconder dans les langues de l'antiquité.

L'idée était élevée et juste ; mais comme il s'y joignait un violent esprit de réaction, ils furent entraînés au delà de la pensée première, et comme, encore, ils manquaient d'un homme de génie pour réaliser leur théorie en s'inspirant de l'antiquité, sans cesser

Jodelle, Du Bellay, Pontus de Thiard, Remy Belleau, Jean Daurat et Baïf.

d'être Français, il en résulta des poëtes moins Français que Marot leur devancier, et d'infidèles traducteurs de l'antiquité plutôt que d'intelligents imitateurs.

Ces jeunes gens, formés dans les écoles restaurées par l'introduction des chefs-d'œuvre de l'antiquité, trouvaient l'idéal de la poésie dans les grands poëtes qu'ils étudiaient ; épris d'Homère et de Virgile, nés eux-mêmes avec le don des vers, ces esprits ardents avaient rêvé pour leur pays, appelé pour la première fois par eux du beau mot latin *Patria*, une poésie égale à celle des pères de toute poésie ; au sortir de leurs fortes études, dédaigneux de la poésie alors en faveur à la cour, ils levèrent l'étendard de la révolte.

Tout à coup une voix s'éleva qui déclara que le temps était venu d'ouvrir une carrière nouvelle à la langue et à la poésie française ;— cette voix fut celle de *Joachim Du Bellay*[1], jeune homme de vingt-cinq ans, descendant d'une docte et illustre famille. — Dans son *Illustration de la langue française*[2], il annonça que la science allait faire irruption dans la littérature.

« Les langues, disait-il, dans son lan-
« gage énergique et sincère, les langues
« ne naissent pas comme les plantes, les
« unes faibles, les autres robustes ; leur
« vertu gît au vouloir et arbitre des mor-
« tels ; — condamner une langue comme
« frappée d'impuissance, c'est prononcer
« avec témérité. Si le français est plus
« pauvre que le grec et le latin, ce n'est
« pas à son impuissance qu'il faut l'impu-
« ter, mais à l'ignorance de nos devanciers
« qui nous l'ont laissé si chétif et si nu,
« qu'il a besoin, pour ainsi dire, des

[1] Joachim Du Bellay, né à Liré (Anjou), en 1524, mort en 1560.

[2] L'*Illustration de la langue française* parut en 1549.

« plumes d'autrui. Qu'on ne perde pour-
« tant point courage ; les langues grec-
« que et latine n'ont pas toujours été
« ce qu'on les vit du temps de Démos-
« thène et de Cicéron. D'ailleurs ce
« siècle a montré, par toutes sortes
« de traductions, ce que pouvait notre
« langue ; mais ces traductions ne suffi-
« sent pas, car, si elles reproduisent
« l'invention, elles ne reproduisent pas
« l'élocution. Faisons comme les Ro-
« mains ; ils ont su enrichir leur langue
« sans vaquer à ce labeur de traduc-
« tion : ils imitaient les meilleurs auteurs
« grecs, se transformant en eux, les dé-
« vorant, et, après les avoir bien digérés,
« les convertissant en sang et en nourri-
« ture ; c'est en cette manière qu'il
« nous faut imiter les Grecs et les Latins.

. . . .

. . . .

« Toi donc, qui te destines au service des
« muses, tourne-toi aux auteurs grecs

« et latins, même italiens et espagnols,
« d'où tu pourras tirer une forme de poé-
« sie plus exquise que de nos auteurs
« français. Lis donc et relis les exem-
« plaires grecs et latins, laisse-moi
« toutes ces vieilles poésies françaises,
« comme rondeaux, ballades, virelais,
« chants royaux, chansons et telles au-
« tres épiceries qui corrompent le goût
« de notre langue. Jette-toi à ces plaisan-
« tes épigrammes, à l'imitation d'un Mar-
« tial ; remplace la chanson par des odes,
« le coq-à-l'âne par la satire, les farces
« et moralités par les comédies et tra-
« gédies. »

Toutes les tendances de l'esprit français, tous les progrès que la poésie avait
encore à faire, sont exprimés dans ce
manifeste, excellent écrit où, malgré
l'exagération naturelle à la jeunesse,
malgré les contradictions et le défaut
d'ordre résultant de l'inexpérience, la
langue se montre ferme, pleine de

tournures vives et naturelles, d'expressions durables suscitées par de bonnes raisons.

Cette harangue franche et hardie fut entendue des jeunes auteurs de l'époque. *Du Bellay, Baïf, Jodelle, Belleau, Pontus de Thiard*[1], et *Pierre de Ronsard* se mirent à l'œuvre, et, exploitant en grammairiens l'italien, le latin, le grec, ils s'efforcèrent de réformer la langue et finirent par créer un langage parfois inintelligible.

A leur tête fut un homme qui donna une part de sa célébrité à tous les compagnons de son œuvre de réaction, et qui ne fit que les suivre ou les précéder dans leur chute ; cet homme, c'est *Ronsard*.

En vain quelques vieux auteurs voulurent-ils résister aux novateurs et dé-

[1] Pontus de Thiard, évêque de Châlons-sur-Saône, un des poëtes de la pléiade ; né, vers 1521, au château de Bissy (Mâconnais), et mort en 1605.

fendre l'ancien langage, ils se virent bientôt forcés de céder à l'énergie de ces hommes pleins de verve et de jeunesse ; *Rabelais* seul tint bon, mais il mourut peu de temps après cette croisade littéraire, et la brigade de Ronsard ne rencontra plus d'obstacles.

Du Bellay, l'auteur du manifeste, y resta fidèle ; ses hardiesses les plus grandes, ses nouveautés les plus audacieuses n'allèrent jamais jusqu'à blesser l'oreille et le bon goût, et bon nombre des expressions et des tournures qu'il avait empruntées aux autres langues ont survécu à la débâcle qui suivit la réaction produite par Malherbe.

Né poëte, plein de talents naturels, ayant fait de sérieuses études, Du Bellay donna à ses vers une noblesse et une grandeur inconnues jusqu'à lui ; dans quelques-unes de ses odes il sut prendre et soutenir un ton élevé qui aurait fait pressentir Malherbe, si la poésie n'eût pas dû traverser l'école de Ronsard avant de prendre, sous la plume du célèbre réformateur du dix-septième siècle, le caractère qu'elle devait conserver dans les siècles suivants.

Nous citerons de ce poëte un sonnet fort connu, dans lequel il passe en revue, en s'attachant à leur faire un reproche quelconque, tous les peuples connus, et une chanson qui nous a semblé pleine de grâce et de facilité.

Je hais du Florentin l'usurière avarice ;
Je hais du fol Siennois le sens mal arrêté ;
Je hais du Genevois la rare verité,
Et du Vénitien la trop caute malice ;

Je hais le Ferrarais pour je ne sais quel vice ;
Je hais tous les Lombards pour l'infidélité ;
Le fier Napolitain pour sa grand vanité,
Et le poltron Romain pour son peu d'exercice ;

Je hais l'Anglais mutin et le brave Écossais ;
Le traître Bourguignon et l'indiscret Français ;
Le superbe Espagnol et l'ivrogne Tudesque ;

Bref, je hais quelque vice en chaque nation ;
Je hais moi-même, encor, mon imperfection ;
Mais je hais parsus tout un sçavoir pedantesque.

Chanson du Vanneur de blé.

AUX VENTS.

A vous, troupe légère,
Qui d'aile passagère
Par le monde volez,
Et d'un sifflant murmure
L'ombrageuse verdure
Doucement ébranlez,
J'offre ces violettes
Ces lis et ces fleurettes
Et ces roses ici,
Ces vermeillettes roses,
Tout fraîchement écloses
Et ces œillets aussi.
De votre douce haleine
Éventez cette plaine,
Éventez ce séjour,
Cependant que j'ahanne (je fatigue)
A mon bled que je vanne.
A la chaleur du jour.

Les principaux ouvrages de Du Bellay sont les *Antiquités de Rome*, sorte de chant, dans lequel la vue des ruines fait faire au poëte un retour sur lui-même; les *Regrets*, imités des *Tristes*; et sa satire contre la poésie à la mode, intitulée *le Poëte courtisan*; il y avait deux nouveautés dans cette satire, d'abord un titre, ce qui se voyait pour la première fois en tête d'un ouvrage en vers français, et la réapparition du vers alexandrin, que les poëtes avaient négligé, comme trop solennel pour leur badinage. — En somme, les poëmes de Du Bellay ne tinrent pas les promesses de son manifeste, et ce sont quelques pages en prose, d'une critique littéraire, éloquente, qui assurèrent à ce poëte une place durable dans l'histoire de notre littérature.

Les amis de Du Bellay n'imitèrent point sa modération et son goût; enivrés de leurs idées nouvelles, ils poussèrent le néologisme à l'excès, et chacun d'eux mérita ce que Boileau dit, avec une admirable justesse d'expression, en parlant de Ronsard :

Que sa muse en français parlait grec et latin.

Adorateur des anciens, *Ronsard* [1], qui s'était emparé du sceptre de la poésie, entreprit de leur soumettre son génie, et les talents de la nombreuse école qui s'était formée autour de lui. Les racines et les formes étrangères, jetées dans la langue avec toute leur crudité, substituèrent tout à coup à la souplesse renaissante de l'idiome français une raideur pédantesque, comparable à la dureté sauvage de sa forme primitive, et ce fut par une sorte de miracle que l'ingénuité du langage national échappa au danger d'être à jamais étouffée. — Essentiellement imitateur, tout en cherchant à être original, Ronsard ne fit que s'éloigner de la perfection de ses modèles ; il ne prit des poésies antiques que leur ordonnance, leur forme, leur

[1] Ronsard (Pierre de), né près de Vendôme, en 1524, mort en 1585. Devenu sourd, il se livra uniquement à l'étude et acquit une connaissance approfondie des langues anciennes.

mouvement métrique ; il figura des odes pindariques, des chansons anacréontiques, des églogues virgiliennes, des élégies tibulliques. — Voulant aussi imiter Homère, il essaya de donner un poëme épique à la France, et il commença *la Franciade*, dont il n'écrivit que quatre chants ; mais il se livra tellement à son imagination, dans cet essai, qu'il lui ôta tout l'intérêt qu'il pouvait avoir.

Malgré ses défauts et ses exagérations, Ronsard ne fut pas moins proclamé le *prince des poëtes*, et peuples et rois s'inclinèrent devant sa gloire ; l'admiration qu'il excita dura pendant toute sa vie. On vit *de Thou*, le grave de Thou, rapportant la naissance de Ronsard au jour même du désastre de Pavie, y trouver pour la France une compensation suffisante. L'enthousiasme qu'inspira ce poëte lui survécut au moins jusqu'à l'arrivée de Malherbe ; il eut pour admirateurs pendant sa vie tous les bons esprits du seizième siècle ; Montaigne lui-même, exemple frappant de l'illusion où sont toujours les contemporains sur le mérite des auteurs.

Qui croirait aujourd'hui que le grand Arnauld disait, au milieu du dix-septième siècle, que *c'était un déshonneur pour notre nation d'avoir estimé les pitoyables poésies de Ronsard*, de ce même Ronsard que Montaigne, d'un sens si juste, ne trouvait guère éloigné de la perfection ancienne ! Le mépris de l'un n'était qu'une réaction contre l'admiration excessive de l'autre, et il y avait autant d'injustice à mépriser Ronsard qu'à le placer à côté d'Homère.

Nous avons déjà parlé de la pléiade et de son intention de perfectionner le langage ; elle n'eut malheureusement d'autre résultat que d'en faire un mélange ridicule de tous les patois qui existaient alors en France, de termes

normands, wallons, picards, cousus
aux formes pompeuses de la poésie antique ; tout cela forma une langue si
inintelligible, que les dames mêmes aux-
quelles Ronsard adressait des madri-
gaux, étaient obligées de se les faire
expliquer par des commentateurs.

Ronsard ne manquait cependant pas
d'imagination ; il avait une certaine élévation de ton, de la fécondité, et l'on
trouve çà et là, dans ses poésies légères,
des pièces jolies, fines et délicates, dans
la manière de Marot, qu'il continue sans
le surpasser. — Ce qui rend ses poésies
légères préférables à celles d'un style
élevé, c'est qu'elles sont presque entièrement pures de ces expressions baro-
ques et dures, qui blessent l'oreille dans
la plupart de ses poëmes.

L'imitation des anciens, dans Ronsard et son école, est si servile, que lorsque la langue de la traduction vient à
faire défaut, le poëte se borne à don-

ner aux mots de l'original une terminaison française; de là cette muse « en français parlant grec et latin », dont Boileau se moque avec tant de raison.

Quelques citations feront mieux comprendre ce que nous avons dit sur ce poëte.

ÉPITAPHE DE MARIE.

Ci reposent les os de la belle Marie,
Qui me fit pour un jour quitter mon Vendômois,
Qui m'échauffa le sang au plus vert de mes mois,
Qui fut toute mon tout, mon bien et mon envie.

En sa tombe repose honneur et courtoisie,
Et la jeune beauté qu'en l'âme je sentois,
Et le flambeau d'amour, ses traits et son carquois,
Et ensemble mon cœur, mes pensers et ma vie.

Tu es, belle Angevine, un bel astre des cieux ;
Les anges, tout ravis, se paissent de tes yeux ;
La terre te regrette, ô beauté sans seconde !

Maintenant tu es vive, et je suis mort d'ennui,
Malheureux qui se fie en l'attente d'autrui !
Trois amis m'ont trompé, toi, l'amour et le monde.

Il y a dans ces vers une élévation de pensée, qui se montre à travers les embarras d'une poésie difficile, et les trois derniers vers ne manquent pas d'harmonie.

Nous allons maintenant montrer Ronsard sous son côté ridicule; — voici une prière adressée à Bacchus dans la langue rêvée par les fondateurs de la pléiade :

O cuiss-né, archète, hymérien,
Bossare, roi, rustique, euboléen,
Nyctérien, trigone, solitaire,
Vengeur, manie, germe des dieux et père,
Nomien, double hospitalier,
Beaucoup forme, premier, dernier,
Leneau, porte-sceptre, grondime,
Lysien, Boleur, Bonime,
Nourri-vigne, aime-pampre, enfant,
Le Gange le vit triomphant.

N'est-ce pas là du grec pur, avec des désinences françaises?

On ne s'étonne plus, après avoir lu ces vers bizarres, de la vivacité de la réaction qui fit justice de cette manie de tout décrire, et qui porta jusqu'au mépris les hommes blessés de ces *cor-*

nes rameuses, ces sources ondeuses, et de vers comme ceux-ci :

> . . . . . . la rapineuse engeance
> Des oiseaux ramageux,
> Le gras bétail des rousses vacheries,
> Castor, fils d'œuf, dompte-poulain vaillant.

De poëmes, où l'on appelait un poëte *gosier-mâche-laurier;* où le soleil à la chevelure blonde était *l'astre perruqué de lumière;* où une âme montant au ciel devenait *bourgeoise de l'éternel empire.*

Ce sont des vers et des expressions semblables qui ont justement offensé la raison de Boileau et excité sa colère.

M. de Sainte-Beuve a essayé de réhabiliter Ronsard, mais ses efforts n'ont produit qu'un bon livre sans pouvoir rendre au poëte bizarre une position à jamais perdue.

Cependant un poëte moderne a rendu, dans les trois vers que nous allons transcrire, un dernier hommage au chef de l'école du seizième siècle :

> « Il osa trop, mais l'audace était belle.
> « Il lassa, sans la vaincre, une langue rebelle,
> « Et de moins grands depuis eurent plus de bonheur. »

Après avoir aussi longtemps parlé de Ronsard, il n'est plus possible de s'étendre beaucoup sur ses imitateurs.

Du Bartas exagéra tous les défauts de son modèle ; *Desportes* et *Bertaut* [1] l'imitèrent sans exaltation ; *Baïf* a des stances pleines de gentillesses ; et *Remi Belleau*, que Ronsard appelait le *peintre de la nature*, a souvent de la grâce et de l'élégance.

[1] Bartas (Guillaume de Saluste du), né à Montfort, en 1544, fut envoyé par Henri IV en ambassade en Danemarck, en Écosse et en Angleterre, et mourut, en 1599, des blessures qu'il avait reçues à la bataille d'Ivry.—Ses œuvres, publiées en 1610, ont eu trente éditions en six ans.

Desportes (Ph.), né à Chartres, en 1546, mort en 1606.

Bertaut (J.), né à Caen, en 1552, mort en 1611.

D'autres poëtes, qui avaient un esprit plus sûr et un talent plus vrai, furent *Jean Passerat, Giles Durant* et *Nicolas Rapin* [1], qui firent les vers de la *Satire Ménippée*, et dont on a conservé quelques autres pièces.

Passerat avait un esprit original et frondeur; il aimait les épigrammes et les calembours, et vengea la religion et la France avec des plaisanteries.

L'épitaphe qu'il composa pour lui-même nous suffira pour le caractériser.

> « S'il faut que maintenant en la fosse je tombe,
> « Qui ai toujours aimé la paix et le repos,
> « Afin que rien ne poise à ma cendre, à mes os,
> « Amis, de mauvais vers ne chargez pas ma tombe. »

[1] Jean Passerat, l'un des auteurs de la *Satire Ménippée*, né à Troyes, en 1534, mort en 1602.

Giles Durant, né à Clermont, en 1554, et mort à Paris, en 1615.

Nicolas Rapin, né à Fontenay-le-Comte, en ***, mort à Poitiers, en 1608, prit part à la *Satire Ménippée*; dévoué à Henri IV, se signala à la bataille d'Ivry.

Malgré les efforts de Desportes et de Passerat pour faire oublier les excès de l'école de Ronsard, nul d'entre eux n'aurait pu donner aux lettres la vie et la pureté qui leur manquaient, si *Malherbe* ne s'était fait connaître.

Aussi la venue de Malherbe est-elle saluée comme un événement par Boileau, dans ces vers :

Enfin Malherbe vint, et le premier en France
Fit sentir dans les vers une juste cadence,
D'un mot mis à sa place enseigna le pouvoir,
Et réduisit la muse aux règles du devoir.
Par ce sage écrivain la langue réparée
N'offrit plus rien de rude à l'oreille épurée ;
Les stances avec grâce apprirent à tomber,
Et le vers sur le vers n'osa plus enjamber.
Tout reconnut ses lois, et ce guide fidèle
Aux auteurs de ce temps sert encor de modèle.
Marchez donc sur ses pas ; aimez sa pureté,
Et de son tour heureux imitez la clarté.

Ces vers ne sont pas seulement remarquables parce qu'ils montrent avec quel enthousiasme la réforme de Malherbe fut accueillie, mais encore parce qu'ils contiennent toute une théorie de l'art d'écrire en vers.

Du Bellay avait indiqué l'imitation de l'antiquité comme la source la plus féconde où notre poésie pût puiser. Ronsard se borna à une imitation matérielle ; il prit à la lettre le dédain du profane vulgaire proclamé par Horace, en faisant de la langue poétique un langage inintelligible. — Le résultat de cette théorie et de son exagération fut de mettre toute la poésie dans l'érudition et de faire un pur mécanisme de l'art d'écrire en vers.

Malherbe [1] comprit qu'il était temps de rendre à l'esprit français toute son indépendance, et de le délivrer tout à la fois de la superstition de l'antiquité et de la livrée des modernes ; — il fallait non-seulement triompher des extrava-

[1] Malherbe (Pierre de), né à Caen, en 1555, mort en 1628.

gances de Ronsard, ce qui était devenu facile, mais donner de l'ordre, de la mesure à un langage plus choisi ; il allait en quelque sorte créer le goût et enseigner, comme dit Boileau, le pouvoir des mots mis à leur place. — Il ne suffisait pas de créer des théories pour les opposer à une forme de poésie qui avait obtenu de grands succès, il fallait appuyer ces nouveaux préceptes sur des chefs-d'œuvre ; c'est ce que fit Malherbe et ce qui arrache à Boileau ce cri d'enthousiasme : « Enfin Malherbe vint ! »

Malherbe était un homme droit, studieux, et d'une grande persévérance ; il n'avait rien plus à cœur que sa langue maternelle, et il s'appliqua de toutes ses forces à la perfectionner ; — il avait compris que la poésie française devait, tout en puisant au trésor des littératures anciennes, rester française pour la forme ; il avait une grande érudition, et il s'en servit pour détruire l'échafaudage de Ronsard et revenir à la langue de Villon et de Marot, fécondée, ennoblie, agrandie par une intelligence vraie et un commencement d'assimilation du fonds antique. Cette réaction eut un double effet : — 1° celui d'emporter les ridicules essais de poésie française scandée à la manière des anciens, le mélange de la naïveté antique avec la sentimentalité italienne, l'abus des épithètes homériques, telles que : la toux *ronge-poumon*, le soleil *brûle-champs*, la guerre *verse-sang*, Bacchus *aime-pampre*; — 2° en outre celui de chasser de la langue poétique les termes spéciaux et les mots wallons, picards et normands.

Sous ce double point de vue, Malherbe rendit un service immense à la langue et à la poésie; il releva le style noble, dont l'idée s'était presque perdue, et ce n'est qu'à force de constance, de travaux assidus et d'études suivies qu'il atteignit le but qu'il s'était proposé.

On est en droit de craindre qu'aujourd'hui nous ne soyons ingrats, injustes même, pour les services rendus par Malherbe à la versification, au style, à la langue. — La facilité avec laquelle les idées se produisent maintenant, la promptitude avec laquelle elles se répandent, les popularisent si facilement, qu'on attache peu d'importance aux formes qui les fixent ou les conservent; —comme on ne recherche que l'impression du moment, on n'a plus cette patience, cette ardeur, on ne ressent plus ce besoin de perfection qui donnent de l'avenir. — Quoique cette disposition des esprits résulte évidemment des nécessités du temps présent, de la propagation des lumières, de la circulation rapide assurée à la pensée par les ressources de l'imprimerie, il est cependant bon de protester contre un trop grand abandon de la forme, non-seulement dans l'art d'écrire, mais encore dans la pensée elle-même. — Les conceptions de l'esprit sont si vives, elles passent si rapidement de la pensée sur les lèvres ou sous la plume, que le moindre souffle les éloigne et en efface le souvenir ; on oublie trop qu'il n'y a de pensées durables que celles qui sont bien écrites, et que l'unique moyen de les rendre impérissables, c'est de les élaborer lentement et de leur imprimer la forme la plus parfaite.

C'était ce que Malherbe avait compris lorsqu'il s'étudia à rendre plus difficile l'art d'écrire en vers. Il assura l'avenir de la haute poésie le jour où il remplaça le mécanisme qui permettait à Ronsard de faire deux cents vers à jeun, et autant après dîner [1], par un ensemble de difficultés qui devait arrêter les versificateurs sans vocation et ne rendre l'art

---

[1] « Ducentos versus ante cibum, et totidem cœnatus scripsisse amabat », dit Balzac dans une lettre à M. Silhon.

possible qu'aux seuls poëtes inspirés.

Malherbe, dit un critique moderne, fit pour la langue française ce qu'Henri IV fit pour la France; grâce au roi les Français furent une nation, et par Malherbe le français fut un idiome; l'un établit et maintint l'indépendance du pays, et l'autre celle du langage.

Malherbe était d'une rigidité extrême pour lui-même et pour les autres sur tout ce qui se rapportait à la langue française, ce qui l'avait fait surnommer *le tyran des syllabes*; il portait au plus haut degré l'orgueil du poëte, avait la plus haute idée de son importance et de sa dignité personnelle [1], et était aussi très-mordant et satirique.

[1] Un jour que Malherbe avait chez lui quelques hommes de talent, parmi lesquels le président d'un parlement de province, un plaideur entre, et demande M. le président; Malherbe se lève et répond aussitôt : *Il n'y a ici d'autre président que moi.*

Un autre jour qu'il dînait chez Desportes, ce dernier lui présenta une traduction des *Psaumes* qu'il

Si l'on veut bien apprécier le progrès que Malherbe avait fait faire à la poésie, il faut comparer entre eux des vers faits par lui et par son contemporain Régnier, à l'occasion de la paix qui suivit la guerre civile ; les deux poëtes s'adressent à Henri IV.

Régnier dit :

Je ne veux point me taire
Où tout le monde entier ne bruit que tes projets,
Où ta bonté discourt au bien de tes sujets,
Où notre aise et la paix ta vaillance publie,
Où le discord éteint, et la loi rétablie,
Annoncent ta justice ; où le vice abattu
Semble, en ses pleurs, chanter un hymne à ta vertu.

A ces vers, où l'on voit que l'expression a de la peine à répondre au sujet, opposons la poésie noble et éloquente de Malherbe.

Conforme donc, Seigneur, ta grâce à nos pensées ;
Ote-nous ces objets qui des choses passées

venait de faire ; Malherbe la repoussa, en disant : *Ce n'est pas la peine, votre potage vaut mieux que vos vers.*

Ramènent à nos yeux le triste souvenir ;
Et, comme sa valeur, maîtresse de l'orage,
A nous donner la paix a montré son courage,
Fais luire sa prudence à nous l'entretenir.
La terreur de son nom rendra nos villes fortes,
On n'en gardera plus ni les murs, ni les portes ;
Les veilles cesseront au sommet de nos tours ;
Et le peuple, qui tremble aux fureurs de la guerre,
Si ce n'est pour danser, n'aura plus de tambour.
. . . .
Tu nous rendras alors nos douces destinées ;
Nous ne reverrons plus ces fâcheuses années
Qui pour les plus heureux n'ont produit que des pleurs.
Toute sorte de bien comblera nos familles,
La moisson de nos champs lassera les faucilles,
Et les fruits passeront la promesse des fleurs.

Ce dernier vers surtout est d'une élégance exquise.

Chacun connaît les stances qu'il adresse à son ami Duperrier, à l'occasion de la mort de sa fille... Est-il rien de plus beau que les deux strophes imitées d'Horace, par lesquelles il les termine ? — On peut même dire que ces deux strophes sont beaucoup plus belles que le passage d'Horace qui en a fourni l'idée.

La mort a des rigueurs à nulle autre pareilles ;
On a beau la prier,
La cruelle qu'elle est se bouche les oreilles,
Et nous laisse crier.

Le pauvre en sa cabane, où le chaume le couvre,
Est sujet à ses lois ;
Et la garde qui veille aux barrières du Louvre
N'en défend pas les rois.

Au sujet de ces deux strophes, Balzac a dit : « Malherbe ne gâte point les beau- « tés d'autrui en se les appropriant ; au « contraire, ce qui n'était que bon au « lieu de son origine, il sait le rendre « meilleur par le transport qu'il en fait ; « il va presque toujours au delà de son « modèle, et dans une langue inférieure « au latin, il égale ou surpasse l'origi- « nal. »

L'exemple de Malherbe devait avoir une grande influence sur la littérature ; il apprit aux poëtes ses imitateurs à étudier la langue dans laquelle ils voulaient briller ; mais jusqu'au siècle de Louis XIV nul poëte n'a égalé Malherbe, et même de son temps un seul fut remarqué, et encore dans une autre sphère que lui. Ce poëte, c'est *Régnier*.

Régnier [1], né avec ce caractère âcre et frondeur qui convient à la satire, s'exerça dans ce genre ; son esprit est actif, sa poésie énergique et serrée. Boileau, qui le fit oublier dans la suite, l'a surpassé quant à l'élégance du style et à la pureté du langage, mais non pas quant à la connaissance des hommes et à l'originalité caustique. — Les satires de Régnier n'ont rien de celles d'Horace ou de Juvénal ; ce poëte n'a ni l'ironie ni la fine gaieté du premier, mais il se montre plus comique que le second ; on

[1] Régnier (Mathurin), né à Chartres, en 1573, mort à Rouen, en 1613.

voit cependant qu'il a plus étudié Juvénal qu'Horace; et c'est là son défaut. Quoi qu'il en soit, Régnier est un bon peintre de mœurs, et ses tableaux, quelquefois trop libres, sont pleins de vérité.

Régnier, qui se croyait l'adversaire de Malherbe, seconda merveilleusement ce dernier, dont il appuya les théories par son admirable talent.

En lisant les poëtes du seizième siècle, Malherbe excepté, on est surpris du peu d'idées générales qui se trouvent dans leurs écrits, et à l'exception d'un petit nombre de pièces dont les idées seules ont assuré la durée, le reste est sans force, sans invention ; le fond et les détails reposent sur les faits du moment, sur les mœurs et le tour d'esprit particulier de l'époque. — Certes, les auteurs ne manquaient point de ces idées générales , mais, au lieu de les devoir à la méditation, ils y étaient conduits par la mémoire et l'imitation, et c'était plutôt pour eux une preuve d'érudition que le résultat de ces méditations qui produisent des pensées supérieures, ou tout au moins égales à celles de l'antiquité.

Ce n'est donc point dans la poésie du seizième siècle qu'il faut chercher la mesure de l'esprit humain à l'époque de la renaissance ; les prosateurs peuvent seuls nous la donner, car c'est dans leurs écrits, qui abondent en idées générales, que l'esprit français se manifeste tout entier. Après Rabelais et Calvin , elles se montrent en foule dans les ouvrages en prose, et on les voit apparaître en plus grand nombre et de plus en plus claires dans Amyot et dans Montaigne.

Montaigne.

Moins estimée que la poésie, qui seule encore passait pour un art, la prose du seizième siècle devait cependant laisser des traces plus profondes. — Deux hommes, Rabelais et Montaigne, en créèrent, pour ainsi dire, toute la matière, et, à la différence de la poésie qui reçut d'immenses accroissements au dix-septième siècle, la prose n'y éprouva que des modifications.

Les *Romans de chevalerie* du seizième siècle diffèrent peu de ceux qui les précédèrent ; la forme et le style sont toujours les mêmes. — Les romanciers, ne tenant aucun compte des changements introduits dans la littérature par l'étude des auteurs grecs et latins, copiaient toujours les anciennes légendes avec leurs formules gothiques, sans s'inquiéter si Ronsard avait obscurci le langage, ou si Malherbe devait l'épurer ; aussi cessa-t-on bientôt de les lire.

Le succès des *Nouvelles* fut plus durable ; celles de la *Reine de Navarre*[1], pleines de naturel et fidèle miroir du siècle corrompu où elle vivait, devinrent le modèle d'une foule d'autres qui leur succédèrent.

[1] *Heptaméron, ou Nouvelles de la reine de Navarre, 1558.*

L'*Heptaméron* est le premier ouvrage en prose qu'on puisse lire sans l'aide d'un vocabulaire ; les tours et les expressions durables y abondent, les choses surannées y sont l'exception ; Marguerite de Valois s'y montre très-supérieure à son temps, et si on lui reproche avec raison d'avoir trop imité Boccace, on est forcé de reconnaître qu'elle sut donner à ses imitations un caractère d'originalité par les tours heureux, par la vivacité et l'élégance qu'elle introduisit dans le langage.

Tout à coup apparut vers le milieu du seizième siècle un livre unique, d'un genre entièrement inconnu jusqu'alors, et destiné à exercer sur ses contemporains une influence extraordinaire. Sous le voile de la plaisanterie, ce livre renfermait les satires les plus mordantes, et, sous une apparence bouffonne, les idées les plus hardies. — Nous voulons parler des histoires de *Gargantua* et de

Pantagruel. — Sans prédécesseur, sans modèle, guidé seulement par son imagination et par la disposition naturelle de son esprit, *François Rabelais* [1] produisit sans effort un ouvrage qui devait immortaliser son nom ; mélange inouï de rire inextinguible, de bon sens supérieur, d'obscénités repoussantes, de vigoureuse éloquence, d'inintelligible folie ; saturnales d'une épopée en délire qui comprend tout et se rit de tout, qui suppose une étude approfondie des anciens et des modernes, et qui ne peut être comparée à rien ni chez les modernes ni chez les anciens.

Il est fort difficile de juger Rabelais sans partialité, car on a toujours dit de ses ouvrages beaucoup trop de bien et beaucoup trop de mal.—Les détracteurs de son talent ont été jusqu'à le traiter d'insensé et de philosophe ivre ; ses ad-

[1] Rabelais (François), né à Chinon, en 1483, mort à Paris, en 1553.

mirateurs, de leur côté, ont exalté son mérite outre mesure et placé ses écrits dans un rang qui ne leur appartient pas; nous croyons que pour être vrai, il faut prendre un terme moyen.

Comme écrivain satirique Rabelais occupe un rang élevé ; mais par malheur sa critique est trop souvent enveloppée de choses grossières et d'obscénités ; avec une verve inépuisable, il montre de la chaleur, de l'esprit et du savoir; mais ce qui étonne le plus, c'est de voir comment Rabelais, qui vivait dans un siècle où l'on était brûlé vif pour la moindre erreur en matière de foi, a pu railler impunément et avec autant d'audace que de cynisme non-seulement les rois, les grands, les magistrats, les prêtres, mais encore la religion elle-même.

Le talent de Rabelais a été mis en doute par quelques critiques ; la seule réponse à leur faire, c'est de les engager à le lire, et surtout à méditer ce qu'il a écrit pour les gens sages.—Sans doute ce sera une honte éternelle pour cet homme d'un génie si profond, d'une perspicacité si rare, d'un jugement si sûr, d'une science si variée, d'avoir sali sa plume éloquente, de l'avoir trempée dans la fange de la débauche, d'avoir attaqué par des railleries sacriléges la religion et ses ministres ; mais si l'on passe ces pages honteuses où le vice le dispute au blasphème ; si l'on saisit Rabelais quand il parle en homme, on est frappé d'étonnement en le voyant signaler les défauts et les ridicules de son siècle avec une sûreté de coup d'œil, une verve d'ironie admirables ; en le voyant, par d'ingénieuses moqueries, faire justice de l'ambition des conquérants, de la pédanterie des savants, de l'inanité de l'éducation du siècle, de l'enflure des harangues publiques, des subtilités de la chicane...; puis, à côté, peindre un bon roi, donner des modèles d'éloquence et tracer un plan d'éducation si parfait que les hommes d'État les plus capables n'ont rien trouvé de mieux.

M. Guizot, qui est certainement l'un des hommes qui entendent le mieux en France l'instruction publique, a fait un commentaire sur Rabelais dans lequel il prouve que ce dernier a eu, à propos de l'éducation de Gargantua, les meilleures idées sur l'éducation en général; et M. Tissot, autre autorité puissante, y trouve, dans plusieurs passages, les idées développées depuis par J.-J. Rousseau dans l'*Emile*.

Rabelais est novateur dans la mesure de l'esprit français, c'est-à-dire qu'il soutient avec chaleur tout ce qui est nouveau.

Ponocrates, le précepteur de Gargantua, enseigne à son élève à réfléchir; il lui fait désapprendre d'abord les formules de l'école et lui enseigne les sciences naturelles, l'arithmétique, la gymnastique; il le mène dans les ateliers, parmi les artisans et ouvriers, afin de lui montrer les sources des richesses des nations. Ailleurs il proclame le partage égal des successions comme étant de droit naturel; on trouve encore bien d'autres innovations et hardiesses de ce genre dans *Gargantua*, et l'un des plus exaltés d'entre les admirateurs de ce livre a poussé l'esprit de découverte jusqu'à y trouver la garde nationale de 1789.

Dans *Pantagruel*, qui n'est que la continuation de *Gargantua*, la satire se montre plus large, plus spéciale, mieux combinée; — il imite de la façon la plus plaisante le jargon pédantesque des latinistes, qu'il fait prendre par Pantagruel pour du patois limosin; il peint avec un talent remarquable le caractère de Panurge, pauvre savant que Pantagruel arrache à la misère pour en faire son ami et son conseiller ; il met avec un art parfait, dans la bouche de Panurge, la critique de la justice, de l'éloquence décevante des avocats, de la débauche et de l'ivrognerie des clercs, comme des stupides superstitions des séculiers.

Rabelais a voulu peindre les classes et non les individus ; c'est à tort qu'on lui a attribué l'intention de faire des portraits, tandis qu'il ne voulait peindre que les types d'une condition sociale ou d'un ordre politique. Tout en écrivant un ouvrage satirique, il ne fait point, comme on l'a prétendu, une guerre à outrance à son siècle ; il se moque de ses ridicules, il s'en amuse, il les exagère par l'imagination, cette faculté qui, selon Buffon, grandit les sensations ; il s'aide, dans ses inventions, des expériences qu'il a faites, et il copie sur les hommes de son temps ce que son siècle lui épargne la peine d'imaginer. C'est ainsi que l'historien de Thou donne en peu de mots la clef des histoires de Gargantua et de Pantagruel : *Scriptum edidit ingeniosissimum, quo vitæ regnique cunctos ordines quasi in scenam, sub fictis nominibus produxit et populo deridendos propinavit.* En effet, lorsque pour peindre les classes plutôt que les individus, Rabelais emprunte quelques traits à ses contemporains, cette ressemblance partielle et inévitable ne doit pas nous conduire à transformer en portrait individuel le type d'une condition sociale ou d'un ordre politique.

La plupart des plaisanteries de Rabelais ont perdu de leur sel, mais il y a encore à rire et à méditer sur un livre d'où Molière a tiré un grand nombre de mots que La Fontaine admirait, et qui préparait, plus de deux siècles à l'avance, les améliorations sociales dont nous sommes fiers de jouir aujourd'hui.

Le livre de Rabelais, remarquable

sous le rapport des idées, de la science et du langage, a exercé sur la littérature une influence qui s'est prolongée jusqu'à nous.

L'art historique commença à être connu des Français, dans toutes ses ressources, lorsque l'étude des classiques se fut généralement répandue. — Malheureusement pour l'époque qui nous occupe, le seul homme qui ait produit une œuvre vraiment remarquable l'écrivit en latin. Il est positif que si le président *de Thou* [1] eût écrit en français ses *Annales*, si justement estimées, elles commenceraient une époque nouvelle dans l'histoire de l'éloquence.

Cette époque ne compte d'historiens

[1] De Thou (Ja.-Auguste), né à Paris, en 1553, mort en 1617, fut un des rédacteurs de l'édit de Nantes. — Son ouvrage latin, en 138 livres, *Historia mei temporis*, est l'un des principaux monuments historiques des temps modernes.

que *Claude Fauchet* [1], qui fit, sous le titre *d'Antiquités gauloises et françoises*, le récit des événements historiques jusqu'à Hugues Capet; et *Pierre Mathieu* [2], qui fit des *histoires du temps passé et du temps présent*. — Le livre de Fauchet est plein de recherches curieuses, mais il est incomplet, d'un style lourd et diffus ; Mathieu se montre écrivain plus habile, mais il est tellement inexact que son livre ne mérite aucune confiance.

Si les historiens ont manqué au seizième siècle, les auteurs de *mémoires* et de *chroniques* sont au contraire très-nombreux, et quelques-uns, tels que *Michel de Castelnau, Martin du Bellay,* le ma-

[1] Claude Fauchet, né à Paris, en 1529, mort en 1561.

[2] Pierre Mathieu, né près de Besançon, en 1563, mort à Montauban, en 1621.

réchal de Montluc, Sully, Jean Bouchet[1], méritent d'être cités pour l'exactitude des renseignements qu'ils fournissent et pour leur talent comme écrivains.

A côté de ces hommes presque ignorés aujourd'hui, nous devons mentionner *Pierre de Bourdeilles*, abbé et seigneur *de Brantôme*[2], qui écrivit les *Vies des hommes illustres et grands capitaines du seizième siècle* et y joignit *celles des femmes illustres ou galantes* de cette époque.

Brantôme raconte avec une grande

[1] Michel de Castelnau, né à Mauvissière (Touraine), en 1520, mort en 1592.

Martin du Bellay, lieutenant-général et prince d'Yvetot, mort en 1559. — Frère de *René*, évêque du Mans et devenu cardinal.

Blaise de Montluc, maréchal de France, né à Montluc (Guienne), en 1502, mort en 1577.

Sully (Maximilien de Béthune, duc de), né à Rosny, en 1560, mort à Villiban, en 1641.

Jean Bouchet, né à Poitiers, en 1476, mort en 1555.

[2] Brantôme (Pierre de Bourdeilles, seigneur de), né en Périgord, en 1527, mort en 1614.

franchise les vertus, les vices ou les crimes des grands, mais ses anecdotes sont entassées sans goût et sans méthode. Il conte, il parle, il raisonne des choses les plus scandaleuses avec une aisance curieuse à observer ; malgré l'obscénité souvent révoltante de son langage, ses Mémoires ne sont pas sans intérêt pour l'historien et pour le romancier.

Les *Mémoires* de *Sully*, d'un style clair, exact, facile, quoique empreints de cette raideur qui formait le caractère principal de l'écrivain, sont aussi intéressants et instructifs.

L'éloquence resta dans ce siècle beaucoup au-dessous du mouvement de progression qui se faisait si heureusement remarquer dans toutes les autres branches de la littérature ; la chaire, le barreau, la tribune publique, ce triple champ de gloire des orateurs, ne leur offrit aucunes palmes éclatantes à re-

cueillir. — Les sources de l'éloquence
étaient partout corrompues par le mauvais goût et l'affectation. Un style alter-
nativement boursouflé ou trivial, l'abus
de la science et les citations hors de
propos rendent illisibles les sermons,
les plaidoyers et les discours qui nous
ont été conservés.

Au *barreau* l'affectation de la science
et l'abus des ornements pédantesques
étaient poussés si loin, que l'on peut
regarder comme des portraits plutôt
que comme des caricatures les personnages de *Petit-Jean* et *l'Intimé*, placés si
ingénieusement par Racine dans les
Plaideurs; c'est à peine si l'on se sou-
vient de *Julien Peleus* [1], *d'Anne Robert*,
de Claude Expilly, célèbres jurisconsul-
tes du seizième siècle; d'autres, venus

[1] Peleus (Julien), l'un des historiographes de
Henri IV, né à Angers, au milieu du seizième siècle, mort vers 1622.

un peu plus tard, laissèrent des noms illustres, mais les *Loisel*, les *Pierre Pithou*, les *Etienne Pasquier* [1], doivent leur célébrité à leurs écrits plutôt qu'à leurs discours.

De *l'éloquence politique* il ne reste que le discours prononcé par le chancelier de *L'Hospital* [2] lors de l'ouverture des derniers Etats généraux ; c'est une œuvre pleine de solidité et d'élévation dans la pensée.—Cependant il y eut dans ce siècle plusieurs réunions des Etats ; les ligueurs eurent des assemblées, et rien n'a survécu à ces temps de troubles et d'agitation.

[1] Loisel (Antoine), élève de Cujas, né à Beauvais, en 1536, mort en 1617.

Pierre Pithou, né à Troyes, en 1539, mort en 1596.

Étienne Pasquier, né à Paris, en 1529, mort en 1615.

[2] Michel de L'Hospital, célèbre homme d'État, né à Aigueperse (Auvergne), en 1505, mort en 1573.

Simon Vigor [1], évêque de Narbonne, au commencement du siècle, et plus tard *Philippe Du Bec*, évêque de Nantes, furent les ecclésiastiques qui se distinguèrent le plus dans la chaire.

Notre impartialité nous fait un devoir de citer aussi deux réformateurs auxquels on ne peut contester le talent de la parole, tout en reconnaissant qu'ils en firent un usage déplorable. Il s'agit de *Jean Calvin* et de *Théodore de Bèze* [2] ; ce dernier, spirituel et savant, possédait une simplicité et une élégance de diction presque inconnues à cette époque. Quant à Jean Calvin, voici ce qu'en dit Bossuet :

« Donnons-lui cette gloire d'avoir
« aussi bien écrit qu'homme de son siè-

---

[1] Simon Vigor, né à Évreux, en***, mort en 1575.

[2] Jean Calvin ou Cauvin, dit *le pape de Genève*, né à Noyon, en 1509, mort à Genève, en 1564.

Théodore de Bèze, né à Vézelai (Nivernais), en 1519, mort à Genève, en 1605.

« cle ; mettons-le même au-dessus de
« Luther, car, encore que Luther ait
« quelque chose de plus original et de
« plus vif, Calvin, inférieur par le génie,
« semble l'avoir emporté par l'étude ;
« son style plus triste était plus suivi et
« plus châtié. Ils excellent l'un et autre
« à parler la langue de leur pays, l'un
« et l'autre étaient d'une véhémence
« extraordinaire, l'un et l'autre n'ont
« pu souffrir qu'on les contredît, et leur
« éloquence n'a été en rien plus féconde
« qu'en injures. »

La prose didactique était encore plus
arriérée ; l'esprit philosophique n'avait
encore produit que des maximes semées
dans les mémoires, dans les satires,
dans les épîtres et dans d'autres ouvrages ; l'apparition des *Essais de Michel
Montaigne* ' fut donc un phénomène d'au-

' Montaigne (Michel, seigneur de), né à Montaigne, en Périgord, en 1533, mort en 1592.

tant plus extraordinaire, que ce hardi penseur n'avait aucun exemple, parmi ses compatriotes, d'une œuvre philosophique qui dût lui suggérer l'idée de la sienne. — Son esprit supérieur s'éleva en quelques instants au-dessus de toutes les discussions religieuses, et son âme droite et peu enthousiaste le guida dans la route de la vérité.

Formé sur les anciens, Montaigne se montre classique par la noblesse de ses périodes, le nombre, le goût, la précision de ses termes; sa connaissance parfaite de l'antiquité en fait un homme à part dans son siècle, sans lui enlever sa franchise, sa simplicité et surtout son caractère éminemment français.

Montaigne n'est pas seulement le premier de son siècle, mais il est le plus ancien de nos écrivains populaires, c'est-à-dire de ces auteurs dont on ne peut plus se séparer une fois qu'on est entré en communion d'idées avec eux. Le livre des *Essais* commence cette suite de chefs-d'œuvre qui spécialisent l'esprit français. — Quand on remarque l'énergie, la variété, la richesse de la langue de Montaigne ; quand on considère combien ses expressions y portent la vive empreinte de sa pensée, et combien de créations sont improvisées par son génie, on ne peut s'empêcher de remonter aux sources profondes où puisait l'éloquent philosophe.

Dès son enfance il vécut en commerce familier avec les peuples de l'antiquité. Les agitations contemporaines firent passer sous ses yeux la révolution religieuse tentée par Luther, au moment où Copernic venait de réformer nos connaissances sur le système céleste ; les dernières années de François Ier, la cour de Charles IX, la politique de Catherine de Médicis, la Saint-Barthélemy, la ligue, l'assassinat d'Henri III, la puissance et la chute des Guises, et

trente années de guerres civiles, à peine éteintes par l'avénement d'Henri IV. — Les peuples de l'antiquité pouvaient à peine offrir à un esprit observateur un spectacle aussi instructif que celui des mœurs, des opinions, des événements de la France contemporaine de Montaigne; de là cette profonde connaissance de l'homme et ces peintures tracées avec tant d'exactitude et de bonne foi.

L'ouvrage de Montaigne est un vaste répertoire de souvenirs et de réflexions nées de ces souvenirs. Son jugement, son goût, son caprice même, alimentés par son inépuisable mémoire, lui fournissent à tout instant des pensées nouvelles. — Il exprime naïvement les plus grandes choses, et l'on se plaît à le retrouver dans ce qu'il dit, à converser, à changer de discours et d'opinion avec lui; il peint sans cesse et se montre toujours original.

Ce n'est point le style de Montaigne qu'il faut admirer, c'est sa profonde raison, son imagination brillante, sa *causerie* pleine de charmes, la variété infinie de ses idées, l'énergie et la justesse de ses expressions ; mais tout cela ne fait pas le style, et nous devons bien nous garder de croire que la pensée et la justesse de l'expression constituent à elles seules l'art d'écrire, tandis que la correction, le goût et l'élégance en sont les compléments indispensables.

Montaigne nous enseigna le doute avant Descartes ; il voulut avant Bacon réformer l'entendement humain ; il est avec ces grands hommes le restaurateur ou le fondateur de la philosophie en Europe.

Nous ne devons pas séparer de Montaigne son ami de cœur, *La Boétie*[1], qui

---

[1] La Boétie (Étienne de), né à Sarlat, en 1530, mort en 1568.

mourut jeune, et dont l'auteur des *Essais* parle d'une manière si attendrissante. Son *Traité de la servitude volontaire* est écrit avec une force et une noblesse dont on n'avait pas encore d'idée. — Le style répond à la chaleur d'imagination de l'auteur, et dans les temps les plus malheureux de notre première Révolution, les agitateurs du peuple rajeunirent ses idées et firent trop souvent de déplorables applications de ses principes.

Charron[1], élève de Montaigne, douteur comme lui, entreprit de mettre le scepticisme au service de la foi, et à l'inverse des réformateurs, qui prétendaient reconstituer l'unité de la morale et de la religion, il voulut que chacune pût subsister et se soutenir isolément.

[1] Charron (Pierre), né à Paris, en 1541, mort en 1603.

Il est temps de parler d'*Amyot*[1], qui, dans sa traduction de Plutarque, contribua à donner à la langue un tour aisé et naturel, en mêlant les grâces helléniques à la naïveté française. Non-seulement la France lui doit un progrès immense dans le langage, mais encore par le choix qu'il fit des œuvres de Plutarque.—C'était en recueillant et en exprimant le plus grand nombre d'idées dans toutes les matières propres à recevoir la forme littéraire, que la langue pouvait s'enrichir et se perfectionner ; et aucun auteur de l'antiquité ne réunissait plus de ces idées et n'avait exprimé à leur occasion plus de vérités durables et fécondes. — L'un des plus beaux titres d'Amyot, c'est d'avoir fourni des matériaux à Montaigne et contribué ainsi à former cet excellent esprit.

[1] Amyot (Jacques), né à Melun, en 1513, mort à Auxerre, en 1593.

Aussi Montaigne, en parlant du livre d'Amyot, dit-il avec sincérité :

« Nous aultres ignorants estions per-
« dus, si ce livre ne nous eust relevés du
« bourbier ; sa merci (grâce à lui), nous
« osons à cette heure et parler et escrire;
« les dames en régentent les maistres
« d'eschole : c'est notre breviaire [1]. »

Dans ces luttes de la pensée, dans cette polémique des croyances, la langue devenait plus nerveuse et plus mâle ; elle se façonnait à l'éloquence, et le rôle de la littérature savante allait passer à la littérature française. — L'idiome national, perdant insensiblement sa familiarité bourgeoise, se fait respecter par une gravité imposante et par la pureté de son accent dans quelques écrivains supérieurs.

[1] *Essais*, liv. II, chap. IV.

Exercé par les orages de tout un siè-cle, cet idiome offrit, à la fin du seizième siècle (1593), sa vigoureuse souplesse aux écrivains de la *Satire Ménippée* [1], précurseurs de l'auteur des *Provinciales*, et montra chez eux quel caractère prend une langue en des livres qui sont des actions, et ce qu'elle gagne à sortir de l'arène académique pour s'aller tremper dans le sérieux de convictions religieuses, dans lavivacité des

[1] La *Satire Ménippée* est un pamphlet, publié, en 1593, contre les ligueurs; ils y sont attaqués de mille manières; tantôt les auteurs accablent leurs adversaires sous le poids de puissantes raisons ou à l'aide d'une dialectique habile; tantôt ils les torturent par une raillerie mordante; l'injure même s'y montre quelquefois. — Mais, quelle que soit l'arme employée, elle est toujours maniée avec esprit, vivacité et bon goût. La *Satire Ménippée* est un écrit très-remarquable pour son époque. — Pour achever d'être vrai, nous devons dire que ce pamphlet respire le protestantisme et que les auteurs y attaquent souvent sans trop de ménagement la religion et ses ministres.

intérêts positifs et dans la poussière des controverses publiques.

La prose française ne s'est donc point formée comme la poésie, par action et réaction; cheminant sans bruit, sans être remarquée, elle avance d'autant plus sûrement qu'on s'occupe moins d'elle; — avec les contemporains de Marot elle se plie aux raisonnements dogmatiques; elle prend de la gravité, de la précision, de la clarté, de la logique; — avec Du Bellay, elle s'enrichit de tours et de nuances appartenant à l'ordre des idées littéraires; — dans Ronsard elle est meilleure que ses vers; et dans sa théorie sur le poëme épique, dont le fond est ridicule, elle ne manque ni de finesse, ni de vivacité, ni de tours heureux; — avec Malherbe elle devient nombreuse, cadencée, plus éloquente; — dans Montaigne elle a toutes les qualités qu'il lui sera donné d'avoir, moins quelque chose qui s'appelle l'*art* ;— elle se constituera définitivement dans le siècle suivant sous la plume de Balzac.

La revue que nous avons faite de l'histoire littéraire du seizième siècle serait incomplète, si nous ne mentionnions, avant de la terminer, des princes qui ont exercé une heureuse influence sur le progrès des lettres par leur exemple comme par leur appui.

Parlons d'abord des *trois Marguerites*, toutes trois princesses de sang royal, toutes trois poëtes et protectrices des poëtes. — La première est *Marguerite de Navarre*, sœur de François Ier; la seconde, *Marguerite de Savoie*, fille de François Ier; la troisième est cette *Marguerite de Valois*, qui épousa Henri IV et en fut répudiée. — La première est connue par ses poésies gracieuses et ses contes spirituels; la deuxième, par la protection éclairée qu'elle accorda aux lettres; la troisième, par d'excellents Mémoires.

François Ier, *Marie Stuart* et *Henri IV* lui-même firent de jolis vers; chacun connaît l'épitaphe de la fameuse Laure, composée par François Ier; les adieux touchants que Marie Stuart adressa à sa seconde patrie, le doux pays de France; et les chansons pleines de grâce, de naturel et de naïveté que composa le bon Henri.

—

Ainsi que nous l'avons dit en commençant cet écrit, le seizième siècle, à la fois libre et imitateur, original et savant, religieux et sceptique, indépendant et soumis à l'autorité, respectant l'autorité des princes et défendant les droits des peuples; fanatique d'un côté, philosophe de l'autre, doué d'une haute raison, et encore plein de préjugés, fut l'âge d'or des savants, des artistes et des lettres.

Fidèles aux exemples de Louis XII, François Ier et Marguerite de Navarre protégèrent les lettres d'une manière éclatante ; Henri II aima les artistes, Charles IX les recherchait avec empressement pour se délasser dans leurs entretiens ; Henri IV, qui leur accordait une protection constante et sans faste, diminuait les frais de sa table pour rétribuer plus convenablement ses précepteurs du Collége de France. — Ce bon prince comprenait que la *Satire Ménippée* lui avait frayé la route du trône, et que dans des temps de guerres civiles, il est moins important de désarmer les bras que de se rattacher les esprits et les cœurs. — Pendant toute cette période, l'érudition, la science, l'art de composer et d'écrire conduisirent à tout, et jamais les princes n'eurent de conseillers plus habiles, de serviteurs plus dévoués.

La *Renaissance* a exercé sur l'esprit français deux influences bien distinctes, et la lutte entre les souvenirs du moyen âge et le génie de l'antiquité fut longue et pénible. — D'abord, une sorte d'ivresse d'érudition effaça presque entièrement le moyen âge pour produire l'école de Ronsard, devenue ridicule par son adoration puérile pour la forme antique ; plus tard, une étude plus pratique et mieux réglée des chefs-d'œuvre de l'antiquité produisait une sorte d'assimilation, qui élève l'esprit français au niveau de l'esprit ancien. De jour en jour plus populaire, la littérature *bourgeoise* ne demanda qu'à s'élever, et les études de la renaissance lui donnèrent le sentiment du beau ; les idées s'étendirent, le goût s'épura, et le seizième siècle vit naître de dignes précurseurs du siècle suivant.

De ce mélange d'esprit national et d'intelligence de l'antiquité se forma définitivement l'esprit littéraire de notre pays. Et si nous avons perdu quelque chose, en profondeur et en originalité, en délaissant la tradition du moyen âge, l'imitation de l'antiquité nous a donné ces formes exquises, qui ont conquis plus tard à notre littérature l'admiration de tous les peuples.

FIN.

BIBLIOTHÈQUE DE POCHE

COMPOSÉE

DE QUARANTE TRAITÉS

Sur les connaissances qu'il est indispensable de posséder à notre époque.

Prospectus.

Cette collection, qui sera formée de 40 petits volumes d'un format commode (in-32), parfaitement imprimés, ornés de cartes, planches, portraits, lettres ornées, etc., etc., contiendra 40 traités différents, substantiels et complets, sur la morale, les sciences, l'histoire, la littérature, les beaux-arts, le droit, l'agriculture, l'industrie et l'économie générale.

Ces petits volumes, destinés à propager le plus possible les connaissances indispensables à tous les hommes, conviennent à tous les âges, comme à toutes les professions; ils instruiront la jeunesse et réveilleront les souvenirs de l'âge mûr.—Ils seront surtout utiles aux personnes qui vivent à la campagne et à celles qui voyagent, en leur fournissant, ainsi qu'à leur famille, une lecture instructive et amusante. — Les classes laborieuses, qui n'ont que peu de temps à donner aux études, trouveront dans ces manuels une instruction facile, attrayante et solide. —Les instituteurs et les institutrices trouveront dans la méthode et la clarté qui y sont observées des ressources pour leur enseignement.

C'est le plus utile cadeau qu'un père de famille puisse faire à ses enfants ou aux personnes qui l'entourent.

COMPOSITION DE LA BIBLIOTHÈQUE.

Morale.

Devoirs de l'homme..................... 1 vol.

Sciences.

Physique.. 1
Chimie... 1
Arithmétique.................................. 1
Astronomie.................................... 1
Botanique..................................... 1
Arpentage..................................... 1
Médecine pratique............................. 1

8 vol.

Beaux-Arts.

Report......	8 vol.
Dessin, peinture ; sculpture ; architecture ; archéologie ; musique..................	5

Droit.

Jurisprudence usuelle................	2

Agriculture.

Economie rurale....................	1
Horticulture.....................	1

Economie.

Economie politique................	1
Economie domestique..............	1

Histoire Générale.

Chronologie.—Géographie.............	1
Histoire sainte.....................	1
— ancienne..................	1
— du moyen âge...............	1
— de France.................	1
— d'Angleterre...............	1
— d'Allemagne...............	1
— d'Espagne................	1
— d'Italie..................	1
— de peuples divers...........	1

Histoire Littéraire.

Histoire générale de la littérature française	1
État des lettres au moyen âge...........	1
— au seizième siècle...........	1
— pendant le siècle de Louis XIV.	1
— au dix-huitième siècle........	1
— pendant la première moitié du dix-neuvième siècle........	1
Coup d'œil sur les littératures étrangères.	1

36 vol.

Industrie.

Report......... **36 vol.**
Industrie en général ; machines à vapeurs ;
chemins de fer ; inventions et découvertes. **4**

40 vol.

CONDITIONS DE LA SOUSCRIPTION.

Le prix de chaque volume est fixé à 50 c.
(10 sous) pour ceux qui souscrivent à la collection entière ; — vendus séparément ces
volumes sont payés 70 centimes.

En payant d'avance la collection entière,
les souscripteurs reçoivent dans toute la
France tous les volumes, *par la poste*, sans
retard et sans augmentation de prix.

Il paraît trois volumes par mois.

Toute personne qui paye *six* collections
entières en reçoit *une* septième gratis.

Les souscriptions sont reçues à Paris, chez
les éditeurs, rue Blanche, 18, et à
chez

Toute lettre non affranchie est rigoureusement
refusée.

Imprimerie de Hennuyer et Cⁱᵉ, rue Lemercier, 24.
Batignolles.